铜仁市文艺创作扶持基金资助项目

飞行的鱼

杨松林◎著

黄河出版传媒集团
阳光出版社

图书在版编目（CIP）数据

飞行的鱼 / 杨松林著. —— 银川：阳光出版社，
2024.4

ISBN 978-7-5525-7282-7

Ⅰ. ①飞… Ⅱ. ①杨… Ⅲ. ①诗集–中国–当代
Ⅳ. ①I227

中国国家版本馆 CIP 数据核字(2024)第 099867 号

飞行的鱼 FEIXING DE YU

杨松林　著

责任编辑　丁丽萍　赵维娟
封面设计　科鹏文化
责任印制　岳建宁

 黄河出版传媒集团 阳　光　出　版　社 出版发行

出 版 人　薛文斌
地　　址　宁夏银川市北京东路 139 号出版大厦（750001）
网　　址　http://www.ygchbs.com
网上书店　http://shop129132959.taobao.com
电子信箱　yangguangchubanshe@163.com
邮购电话　0951-5014139
经　　销　全国新华书店
印刷装订　四川科德彩色数码科技有限公司
印刷委托书号　（宁）0029391

开　　本　880 mm×1230 mm　1/32
印　　张　6
字　　数　150 千字
版　　次　2024 年 4 月第 1 版
印　　次　2024 年 4 月第 1 次印刷
书　　号　ISBN 978-7-5525-7282-7
定　　价　39.00 元

序

◎ 冉正万

　　松林不是一片林，而是一棵松树，不长在山巅，也不长在山脚。谦逊、挺拔、羞涩、安静、平和地长在半山腰，最大可能地隐藏锐气和才华。他甚至希望自己不一定非做松树不可，若有需要，做其他树，甚至做一棵草也没问题。这样一个人，喜欢文学是自然而然的事情，有一天，他捧出一部诗稿要人写序，却又叫人愕然。不敢贸然答应写序的人暗想，最适合他的文体是散文而不是诗。

　　诗稿来到写序人面前，读到一半我承认，松林是诗人。

　　朱光潜在《读诗与趣味的培养》一文中说："所谓'诗'并无深文奥义，它只是在人生世相中见出某一点特别新鲜有趣而把它描绘出来。"这句话中"见"字最吃紧。特别新鲜有趣的东西本来在那里，我们不容易"见"着，因为我们的习惯蒙蔽住我们的眼睛。

　　松林写诗正是着眼于"见"。

　　季节、田野、桃花、水田、草木、鸟雀、星月、夜空、亲人、陌生人……这些都是常见之物，在普通人眼里此前有，此后仍然有。只有在诗人眼里才会消失，不是作为物的消失，是情感的转瞬即逝。这时诗句就像粘蝉网，捉住它，观察它，放飞它。

　　松林的诗有孩子的稚气，又和传统意义上的儿童诗完全不同，儿童诗的稚气是宛若天成，是天真，是偶得，松林的稚气是成人的童心，是乡村的安宁。往上追有贾岛《寻隐者不遇》、杨万里《舟过安仁》、袁枚《所见》、高鼎《村居》，这些诗写的是童趣、童真，松林则是以童趣、童真打量眼前的世界。这和松林的心性有关。交往次数不算多也不算少，从没见过他瞋目，没见过他紧张，也没见过他着急，语速不高不低不快不慢，连笑也是微笑，从没见过他大笑。庄子说："人莫鉴于流水，而鉴于止水。唯止能止众止。"大意是说，只有水波不兴的水才能当镜子。这是松林自己的镜子，照见的是他自己所能和所要的照见。

毕竟是成人，除了稚气也会有"时不予我的哀愁"。在《与父亲通话》一诗中，松林感叹："父亲的字句形如飞鸟，渐渐远去/故乡无奈地成了/父亲那张嘴的中转站。"在《丧事》中，松林直白地说："从城里请来的乐队/奏着哀乐、表演喜剧/寂静的村子/终于热闹了一回。"

松林的愁是淡淡的，没有呼天抢地，因为用不着。不确定性的迷茫和永远做不完的杂事的苦楚，闲下来像批阅奏章一样刷屏，一切似乎都在和诗意作对，让本来就不多的诗意荡然无存。几年前一篇《人生不快乐只因未读苏东坡》的文章在网络上流传，转载量上千万，文章写得特别好，但学苏东坡，学得进去学得像的人寥寥无几。率真孤傲，超然达观，不但建立在才华之上，也建立在时代背景上。松林常让人感觉如隐士般的闲逸，不是他没有烦恼，是烦恼不往心里去。"蛙声不分白昼/尽情张嘴/几亩水田，也能盛下暮春的欢歌。"这样的生活与写作当然惬意。

然而对于写作，无论写诗还是散文，都有非常大的难度。写出所能感受到的痛苦不难，但要写得像轻音乐一样抒情，难中之难。松林的诗多是对现实或现象进行描摹。如果能有一句两句完全跳脱，像寒枝上的一只鸟，甚至像鞋底有颗硌脚的石子也好。要不就潇洒放逸，让诗句像鱼一样游动，像蝴蝶一起翩翩起舞。山间明月，江上清风，一个人欣赏是诗境，让别人知道须写出，并且得用意料之外的句子写出才是诗。

当然，亦如朱光潜所说："学文学的人们的最坏的脾气是坐井观天，依傍一家门户，对于口味不合的作品一概藐视。这种人不但是近视，在趣味方面不能有进展；就连他们自己所偏嗜的也很难真正地了解欣赏，因为他们缺乏比较资料和真确观照所应有的透视距离。文艺上的纯正的趣味必定是广博的趣味；不能同时欣赏许多派别诗的佳妙，就不能充分地真确地欣赏任何一派诗的佳妙。"这话说的是在下，非关松林。因为，诗歌我虽然喜欢，但毕竟是外行。

松林不算年轻，也还没老，写作时可放开一点。"学浅自知能事少，礼疏常觉慢人多。"虽是君子之风，汪曾祺却也主张作家年轻时写作带点血性和狂放更好。平实、冲淡、雅致需经历相当的人生，识人无数才有可能写好。

2022 年 11 月 19 日

冉正万，中国作协会员，《南风》杂志主编。主要作品有长篇小说《银鱼来》《天眼》《纸房》《白毫光》等九部，小说集《跑着生活》《树洞里国王》《苍老的指甲和宵遁的猫》《唤醒》等八部。作品曾获贵州省政府文艺奖一等奖、第六届花城文学奖新锐奖、第六届林斤澜短篇小说奖、长江文艺短篇小说双年奖。

目 录

五月 / 001

跑火车 / 002

谁献出春天的第一把交椅 / 003

春天,与一树桃花对视 / 004

用你的睡眠裹住我的黑夜 / 005

时间刚刚好 / 006

与自己拔河 / 007

平皋小学 / 008

爷爷 / 009

那一年,雪很白 / 010

每个人眼里都有星星 / 011

换香岭 / 012

布谷 / 013

父亲通电话 / 014

当这蔚蓝的天空也是一枚镜子 / 015

蜈蚣山 / 016

我们一起去高原看海 / 017

月夜 / 018

剥 / 019

故乡的每一次风雨 / 021

我就在这里等 / 022

返乡途中 / 023

立春 / 024

这绝不是表演 / 025

窗外有七只或八只飞鸟经过 / 026

父辈的情话 / 027

疑惑 / 028

夜宿苗王城 / 029

游苗王城 / 030

徘徊 / 031

看山 / 032

河边 / 033

石桥 / 034

雨里 / 035

放学 / 036

电话 / 037

丧事 / 038

在镜子面前 / 039

下大地 / 040

朝海的方向想念 / 042

生日歌 / 043

回家 / 044

尖岩 / 045

初恋刘小花 / 046

青蛙的犹豫 / 047

西藏行 / 048

只想说 / 049

月食 / 050

石头 / 051

写给兄弟 / 052

春光谱 / 054

枯叶蝶 / 055

选择在野外迷了路 / 056

爱情蹲在山尖看你 / 057

六楼的青蛙 / 058

十把刀 / 059

雷声 / 061

妙隘 / 063

冷家坝 / 064

你的笑,藏着刀 / 065

椅子 / 066

散步或游走于山梁 / 067

一粒草籽的话唤作神仙 / 068

跟太阳对话 / 069

观毕业照 / 070

给于坚 / 071

低沉的云 / 074

猴子 / 075

树叶的爱情 / 076

夜 / 077

母亲,我从哪里来 / 078

望长天 / 080

风吹开前面的路 / 081

那些伸向天空的枝丫 / 082

吞咽 / 083

无奈的鹰 / 084

行云 / 086

灯中母亲 / 087

像一尾游鱼 / 088

左手谢天,右手谢地 / 089

虫的法则 / 090

黄土赋 / 091

思念 / 092

天空 / 093

昨夜松江滚滚 / 094

过河看桥 / 095

你说,老家的雪很美 / 096

卖鸡 / 097

等风吹过 / 098

意外 / 099

乡村教师 / 100

走过夏天 / 101

先走一步 / 102

披油布的小女孩 / 103

照亮 / 104

焦虑症 / 105

送你一艘航空母舰 / 106

出嫁诗 / 107

那些飞走的面具 / 108

战场 / 109

有月亮和星星的夜晚 / 110

沿河 / 111

与诗无缘 / 112

伯父 / 113

照相师傅 / 114

飞鸟 / 115

需要 / 116

两只苍蝇飞过窗前 / 117

把诗写上天 / 118

母鸡说 / 119

在山巅 / 120

银树之乡 / 121

红月亮,白鸽子 / 122

梦里的水声 / 123

抬光明 / 124

冬日早晨 / 125

无题 / 126

风来 / 127

记得 / 128

夜宿齐心坝 / 129

入秋记 / 130

天堂与桥梁 / 131

电话坏了 / 132

空空 / 133

口水诗 / 134

风筝 / 135

水中捞月 / 136

中间的河流 / 137

命运只是一家有限公司 / 138

桥上行人 / 139

敲打六楼的墙壁 / 140

在五楼的阳台上 / 141

橡皮 / 142

多情 / 143

蛇语 / 144

飞蛾扑火有感 / 145

足球场一睡 / 146

走自己后门的人 / 147

理解 / 148

飞行的鱼 / 149

年轻 / 151

日记一则 / 152

回声 / 153

避雷针 / 154

回忆 / 156

守电话 / 157

轻叹 / 158

星空 / 159

萤火虫 / 160

三月 / 161

蜻蜓 / 162

瓦梯 / 163

岩脑壳 / 164

在黔东草海 / 165

致绣爷 / 166

乱风渐入双眸 / 167

这个世界留给世人太多的猜想 / 168

排排坐 ／ 169

老水碾 ／ 170

孩子与稻穗 ／ 171

土墙 ／ 172

一个人走在森林尽头 ／ 173

五月

就是想坐在齐心坝的山顶上
看满天白云，做成一顶大草帽
盖住整个村子
就是想听那划破长空的布谷鸟
叫醒一棵棵玉米苗，长高，拔节
成全一季的粮食
就是想挽留那坠落悬崖的几股清泉
就是想挽留那滚下山坡的阵阵清风
就是想种点瓜果蔬菜
和齐心坝这栋栋老木屋
一起守护这静谧的五月

跑火车

一列火车，开进春天
需要耗费多少故事
开进孩子的耳朵里
需要耗费多少秘密

列车的呼啸正从孩子耳中穿过
孩子渐渐闭上双眼
似乎不愿醒来，他想让这列火车
一直在他耳朵里奔跑

谁献出春天的第一把交椅

一声惊雷之后
你走过原野的秘密
藏起来。松江回暖
扶上岸的不只是杨柳
野画眉、山黄鹂、长尾鹊在林间
集体讨论
该发芽的发芽
该开花的开花

四月了，星空淌下露水
浇醒一座又一座山坡
沿大溪坪一路小跑的你
追上的，岂止有怀孕的桃树
更该有羞涩的映山红

坚持向南，携带面含微笑的风
黎明时分开始上路
逢人便问
谁献出春天的第一把交椅
以至万物生命，在这个时刻
蠢蠢欲动

春天，与一树桃花对视

现在是傍晚，一株桃树立于雨后
发黑的树干与几芽新绿自成一体
桃花朵朵，全是恋人的媚眼
如此醒目
如此令我害羞
极像我羞于一场初恋

它昨夜妖娆风姿，正以落花的姿势
一瓣瓣滴落、滴落
铺开一地粉红

春天，与一树桃化对视
我急于捂住胸口
没有什么比滴落更为疼痛
大地却以沉默的方式接纳

用你的睡眠裹住我的黑夜

黑夜漫长，就像无法丈量的跑道
你沿着漆黑飞奔，整个晚上不能到达终点
我的黑夜同你的一样
你却说睡眠仿佛一块围巾
可以裹住我失眠的夜
可以缠住我奔跑在黑夜的路程

用你的睡眠裹住我的夜
我不再奔跑吗？但我不能从黑夜后退
逐年奔跑的速度，正在暂停
这夜，渐渐静下来
我的双耳，在寻找
奔跑在黑夜的步履声
那划破黑夜的
阵阵喧腾，闪亮一地路灯

时间刚刚好

爬上岸的鸭子对水田说
时间刚刚好
钻出泥土的蚯蚓对白云说
时间刚刚好
草木使以口信，秘密交换秘密
在季节刚刚萌芽之时
时间刚刚好
这株蜡梅
在与你牵手的那条道上
刚刚醒来
如果表白
可以修复过往
如果再能返回遇见的刹那
时间刚刚好

与自己拔河

旧时光多像住在对岸的女子
迷人的身姿，被青山绿水环绕
手提钥匙的乌鸦，一只又一只飞出
崇山峻岭间，回望已经开始
双手合十，从清晨到黄昏
唯有日子照亮了溪坪的蜿蜒
这日子多像一根发光的绳索
交给我，与自己拔河吧
赶在天明之前
能拖回星星就相认
能拖回月亮就磕头
如果能拔回一亩天空
就种下自己的轻狂
以及挥洒自如的风
而这拔不回来的
多像那些缄默往事
以及时光中的虚空

平皋小学

学校操场边，一块土坎伪装战场
喜欢占山为王的王大毛
常常把一群小个子推下土坎来
王大毛在上，高呼胜利了
小跟班在操场上也高呼胜利了
就这样寒来暑往，一个又一个
王大毛冲上去推下另一个王大毛
一次又一次胜利上演
始终有用不完的力气
英雄偶像的端倪逐渐形成
为王大毛欢呼，鼓掌
甚至为他们进教室
让开一条铺满野花和羡慕的路
操场尘土飞扬
上课钟声回荡
我们跟着老师念，春天来了
桃花开了，柳树刚刚发芽
燕子飞来又飞走
一个又一个胜利的王大毛
春天来了离开学校
走南闯北，仿佛一只只迁徙的候鸟
却再也不敢高呼

爷爷

爷爷在年老中逐渐失语，从内心到大地
世界于是安静下来，山村灯火通明
今夜，爷爷将要回归到一抔泥土
就像一片叶子从树上凋落
带走一生绿色的回忆

黎明时分，鸡鸣犬吠混合着哭声阵阵
送葬的锣鼓开路
爷爷走过田野，在沉睡中
油菜花开。簇拥着
简单到一口棺材封盖的命运
在武陵山下，死亡
仿佛一场灵魂继位的聚会

爷爷的离去早被预料
他曾在黄昏，会晤夕阳
倾听到落日的寄语

那一年，雪很白

宛如百鸟纷飞
天空突然抛出毕生荣誉
山川、河流躺下，倾听
旷世舞者被山谷迎接
山谷宁静，寨子宁静
深夜奶奶的咳嗽，惊动山谷
奶奶双手推门
奶奶献出自己
天下大白，天空无言
天空，你有没有罪

每个人眼里都有星星

夜幕降临，能降下慈悲吗
至少漆黑能原谅所有色彩
一条路通向何方
才不畏惧坎坷
每一次流连忘返
在那艰难挣扎的路上
告诉自己，每个人眼里都有星星
每个人都不会迷路
大地才因此不会寂寞
所有的上升都将汇聚
亲爱的，我们还承诺过什么
流水擦洗山峰的眼睛
树木为每一阵风作证
苍天在上，遇见所有悲苦
别喊疼

换香岭

峡谷之上，寨子借来云海
东突西起的山峰，处处争宠
一半在天上，一半在人间
木屋肩并肩背靠背
兜售着寂寞
三阳的风朝天吹送
沿石梯一阶一个季节
曾被苍天眷顾，便与飞鸟为伴
村旁茅草独自听着故事
五百年前，一只白虎猛吼三声
换香岭的命运悬挂绝壁之上
陆陆续续离家出走的人
用梦，筑于山谷
每逢岩鹰飞过
一声声呼喊，算是
印证换香岭的存在
这梵净山之东的小村子
多像一块撕不下的止痛膏
动用荒凉，贴在松江河源

布谷

布谷叫了，声音被雨水洗得很亮
回响在五月的山冈
苞谷就是苞谷，怎能叫玉米
父母一辈子都坚持他们的真理
布谷布满山冈，未被天空收藏
禾苗疯长，在雨里燃烧
拔节，在阳光赶来之前

这时，我多想朝家的方向
跟着布谷，叫喊几声
苞谷，苞谷，苞谷
苞谷其实就是布谷的爹娘

父亲通电话

春节刚过，父亲面朝黄土
说一口土里土气的普通话
很吃力的样子，还勉强堆满一脸笑容
为谋一条生路，出卖了方言
在正月下午，夕阳落坡
冰雪刚刚消融
油菜花意正浓，父亲在老屋旁边
沿着田埂，一字一句艰难地
向南方进贡
父亲有些苍老，话语土里土气
和美丽的春天极不相称
他那吃力的谈吐，使我
看到城市，仿佛一头满是阴谋的狮子
正朝乡村扑来
父亲的字句形如飞鸟，渐渐远去
故乡无奈地成了
父亲那张嘴的中转站

当这蔚蓝的天空也是一枚镜子

车过三阳峡谷
崖上之树与河流遥相呼应
天空如洗
当这蔚蓝的天空也是一枚镜子
是谁深深握住这镜子柄端
又是谁有资格在这镜子下照见自己
群山无言，任凭烈风挥洒
山中金钱豹、野山羊你追我赶
朝着自己的方向跌跌撞撞
画眉不分季节歌颂
这蜿蜒的群山深处
谷壑装扮得如此威严
多想面对群山吼一嗓子
借问山谷，天空这枚镜子下
自己渺小到何等地步
给予这世间的爱才无处藏身

蜈蚣山

满山的桐花总在春天叫喊
幼蝉也学会声嘶力竭
蜈蚣山其实没有蜈蚣
只有虚构不完的故事
像九月滚下山的桐子你追我赶
每一棵桐子树都有一个奶名
歪连长、弯沟、国母子
糍粑、花山、犬毛、王保
这些名字随着桐子树花开花落
有的落进土里，长出茅草
有的飘往他乡，继续飘零
一直在山里放牛的孩子
似乎从来走不出蜈蚣山
他们手里的玩具枪有时可以干掉太阳
山外的飞机火车轮船，仿若天外之物
玩兴正浓的时候，他们用一片纸
也能造出来
并在蜈蚣山，布置
一个喧嚣的国度

我们一起去高原看海

滚滚东去的河流流向大海
我远道而来，站立山冈
我们说过，一起去高原看海
站得高也就看得远
看海有多宽，心就有多宽
看天有多高，梦就有多长
高原看海，看我一生的梦想
此刻海洋远离千里之外
波涛声在高原回荡
像越过山冈的风，在遍山丛林间
掀起一重重浪

月夜

乡村放学，是谁失手
撒落一地星辰
我走向山间小路，听半山腰淌出的钟声
此刻他乡的你，是否驻足
我用钟声，催促你的脚步
赶紧回家，听你的孩子读书
你不懂事的孩子
是否把飞读成灰
黑读成白，像大雪覆盖的白
像天下大白的白

剥

手持星星的人
拨一盏明灯
要消耗
多少光阴
四月桐花满山叫喊
一片片新叶爬上枝头
蜈蚣山的喧闹刚刚开始

草地拾梯而上
桐林间相互追逐的孩子
忘却白昼，扯一朵白云
擦了下脸又擦了擦眼睛
学鸣蝉做个诗人
开始在山间咿呀开来

重阳需要多少烈酒
才将满坡桐子赶下山来
竹竿搅于桐林，山间流水应和
没来得及吆喝，一场林间聚会
便应运而生
数不清的箩筐于是开怀歌唱

手持铜钩的人，同时手持星星
可以掏出一团烈火
在寒冬的某个傍晚
皱纹缠身，年轻时的俊俏
在一颗桐子壳里
渐渐隐身

赶忙趁手脚利索
将它剥出来

故乡的每一次风雨

每天清晨或夜里，总有一个电话
抵达父亲，或母亲
从他们口中打探
村子中的大小事务
寨中最小的兄弟娶了谁家姑娘
老刀的二女儿这个冬天嫁到了邻村哪里
打探最多的，是故乡的那片天空
今天什么样子
明天又什么颜色
是否降下一颗雨滴
是否做好接纳风雪的准备
故乡总于我的猜想之前，布置好一切
刮风便上演松涛翻山越岭
下雨便暴露一条条潺潺溪流
若有雪，便献出一座座白屋子
故乡的每一次风雨
总于我的一个个电话拨号前
埋下动人的伏笔
多像我找不着这个城市回家路之前
握于手心的那枚钥匙

我就在这里等

我就在这里等
等，风来开门
谁为我，关闭了天空
埋伏一万口陷阱
种下一万次爱情
守株待兔的那只兔子，是否
正绕树而来
是否正绕树而去
我就在这里等
等，风来，开门
爱情这阵风一吹三千里
我这棵树啊，原地不动

返乡途中

在返乡途中入睡
故乡是异床同梦，仿佛都能听见
弯弯的山路上，脚步越来越临近家门
过年了，父亲还如一只迁徙的候鸟
从一个城市赶往另一个城市
从这个工地住进下一个工地
在返乡途中，我和父亲
梦隔千里

即使我回到家，只是回到母亲的守望中
母亲守望的两个男人
一个离家越来越远
一个离家越来越近
母亲在守望中白了头上发

母亲说，少一人
家就是一扇永远关不上的门

母亲，回屋去吧
外面
冷

立春

多少人还走在回家的路上
春风已先于他们
抵达家门口
母亲出门观望
一脸笑嘻嘻的样子
至少年轻了十三岁

天空有轰隆
可是天上那些人
拉开春日宴会的桌子
母亲抬头
动了动嘴
自言自语着春天的往事
包括春耕、播种

其实农事已丢置多年
母亲每天顶多往院子外走走
顺便看几眼田埂、土丘

春天像只南飞的候鸟
迟迟到达不了母亲的眼前
立春，这个谎言还要延续多久

这绝不是表演

天使的美丽
无关人间颂词
手握铁锹，将一铲铲尘土运往
天堂的中转站，我还犹豫什么
这个尘世，需要清理的太多
以至我被安排到风口浪尖
清晨清理与晨雾不沾边的
傍晚清除与夕阳不相关的
至于人世之冷，通通清除
留尘世一缕余温
让星光告诉我，习惯了也成为自然
好比我在沼泽，遇见
庞大的每一天，起誓
每一个新的诺言
如风悬挂起一面面洁净的船帆

窗外有七只或八只飞鸟经过

一声鸟鸣，总有两只或三只
鸟鸣互和。这多么随性的声音
花蕾刚爬上枝头
大地一觉醒来，窗外闹得不可开交
此刻阳光雨露是否在山那边酝酿
一场秘密约会

窗外有七只，或八只飞鸟经过
我只是猜测，那些翅膀的扑闪
在林间摇动，相互挨挤
不知不觉间，树林仿佛陷入
久远的空灵

父辈的情话

我听见堂叔，中年的一个下午
乐呵呵地朝山里喊
老——姊——妹——
伯娘笑了，像朵映山红
红遍了整座山
伯娘至少年轻了十一岁

山里的一句陈年老话
爱情便如晚霞铺满
西部高原，直到
父辈们点燃忽明忽暗的烟斗

疑惑

领了第一份薪水
我特意跟父亲通了个电话
父亲在那头不断鼓励
还满是笑语
父亲自认为松了一口气
自认为他的儿子从今往后
不用背朝天面朝泥
父亲是个农民，自由的农民
却不愿甚至不允许子女
成为他的同类

其实修地球，是一份很美的创举
爷爷的爷爷到爷爷
爷爷到父亲，一直持续
不断装扮一个叫溪坪的寨子
可父亲为何甘愿到他
将他与我
划成两大派别

夜宿苗王城

苏麻河淌下来的水
坠入深谷，藏在这里
拔地而起的毛竹
沿岸疯长，没有止境
石头就不用说了
垒起密麻的巷道，吊脚楼
仅露出了上半身

清晨有鸡鸣
夜深杂犬吠
男耕山顶上
女织木屋内
苗歌声四起

一个苗家汉子
去当王干什么
崖深林密的寨子，土地肥美
用不了几年，定会开辟个小桃源

孔大哥在苗王府扮了回苗王
守屋的阿婆对他说
这个苗王好，会回来看我们

游苗王城

不见苗王
更不见率领的苗兵
连现留守在家的阿婆
也早早关上了院门

依稀灯火，唯有屋檐下的雨滴
滴答得最为清晰

此时苏麻河淌下来的水
在这里是最自由的
潺潺抑或哗哗
回荡在崖下深谷

九月的苗王城，被雨淋得冷冷清清
我无法触摸神秘的模样
只沿着迷宫似的石板路
快步叩开阿婆家的院门

徘徊

条条巷道，道道寨门
人来人往，看不见
勇士抗争的模样
点将台，苗王府
游人如织
亦不见苗王神勇的影子
城内的风雨桥上
苗歌飘荡
传唱着昔日的忧伤
而今夜，我徘徊在苗王城
触摸着一个村子
日益隆起的辉煌
一个村子，因一个人
变身一座城
广场上燃起的篝火
越来越旺

看山

鸟飞。云游
群山正欲挽留的
是一季春风
林中喧闹，杜鹃花开
青草染绿河岸
三个留守孩子
抬着头，站立山脚处
渐渐长高

河边

河边洗衣的妇人
裹着头帕
弯着身子
棒槌有气无力地落下
日头正当午
时间在她手里
一棰一棰地
老去

石桥

石桥站着、睡着、醒着
已经不重要
村子外面
几只白鹤飞来飞去
最后落在桥头

桥如弯月，慢慢地
一点一点割去
村子的傍晚
此刻石桥
已成一副道具
而水里的鱼，不识桥上静寂
依旧欢腾，依旧嬉戏

雨里

雨里奔走的
有乌鸦、麻雀、画眉
村里人的身影
在雨来前，早早藏好
老人守在家
小孩守在家
对一场雨发笑
再猛些
再猛些
就会有更多的鱼
游进门前小河
增添村子的人气

放学

山村的下午，是一栋木屋
一个爷爷、一盏灯
和一顿简易的晚餐
以及将要来临的黑夜
孩子不愿早早面对

路边有野花、蛐蛐，孩子俯下身
趴在路边，掏出新教的课文
读与山谷听
读与石桥听
读与小河听

电话

打开免提
整个村子都听见了
两个地方的对话
那边：爹要保重身体
小孩要听话
这边：你们放心
有吃的、穿的，零花钱够用
只是腰不顶用了
去年举得起一包谷子
今年是背回家的

丧事

午夜的一挂鞭炮
召集了全村灯火
离世的老者
手握从未谋面的小孙子相片
儿女火速归来的那声呼喊
到达不了天堂
牛角吹起
法事开场
从城里请来的乐队
奏着哀乐、表演喜剧
寂静的村子
终于热闹了一回

在镜子面前

每天清早，往镜子里溜达半分钟
那一刻我判若两人
"天下可乱，发式不可乱"
那一刻我纠正发型
然后匆匆进入一天

我不懂得发式与天下有何区别
可在镜子面前，我手持清风
梳理自己被黑夜抹乱的黑发
多么勇敢

下大地

之一

无须问我从哪里来，古人说天外有天
我说的是一九八五年的天
星星和月亮出现的夜晚
谁违背天意把天幕射穿，无数个洞
一致泄露世外的灯光，逐渐
沿着灯光，我的行程
未留下污点，未被驱赶
也没在星光之间融化

之二

我这个乡下人
不敢从高楼跳下，我有高血压
于是撑开怀中降落伞，翱翔在蓝天
白云里，如一只白鹭
直到二十六公分脚尖，触及山巅
也不跟世人一般见识

之三

不再用钢笔，不再以纸作铺垫
眼光平视桌面，手指玩弄花言和巧语
立下幽默的誓言，我要脱机
我要打印，雪花般降落在泥土之上
——那是我的灵魂预览，无法重印的一页

之四

未曾想过，大地是一艘平板船
周围是海。我的重量微不足道
颤抖甚至遥远，波浪仍在睡眠
向下
向下
下
大地
还未到达，便被迎接
令我感恩的礼遇
将身体朝大地印个天字，作为报答

朝海的方向想念

历年游奔他乡，仿佛一支流浪的歌
深山的河，一旦潜入海的体肤
随即音量淹没
就让流淌的欲望在岁月中，逐渐老去
海在延伸，无限延伸
企图覆盖陆地。怎能回避
腐烂在海面的每一具
鸟的尸体，与海共舞的暗喻
或许每一粒海水都是一件武器
朝海的方向想念
我几乎是穿梭在深山的鱼
一条把浪花
倾听为流淌的鱼

生日歌

山峦静静
河流弯弯
母亲一会儿抬头，一会儿又弯下腰去
这正是时间在奔跑
三十六年不过是三十六支蜡烛
像光一样明亮
像火一样温暖
我的身体日渐丰腴
剩下的年龄，活出骨头吧
一根撑起母亲驼背的天空
一根敲打儿女拔节的早春

回家

终于可以拨弄儿时的玩物
一把弹弓，射下日月
只要铿锵一声就行了
一架木板车，也能跑出一条阳光大道
其实回家，摸一摸过去的物事就够了
至于那抹夕阳，夹杂那些往事
从竹林间投射过来
已经超出我的设想

尖岩

必定有两个自己
一个在做梦，一个定在另一处颠沛流离
必定有两个布达拉宫
一个在高原屋脊，一个沿松江而居
尖岩，静静的寨子，层层叠叠
做出刺破天空的样子
另一个，倒影在河中

初恋刘小花

隔壁女孩刘小花，每天清晨
翻几座山，过一条河
跟几个伙伴去对岸，割猪草
烟波袭来，一串笑声
撒落河面，顺水而下
出嫁结婚，全寨人排成队
在夫家门口山头上，开挖
几亩梯田，从此衣食无忧
生了两个孩子，回家时挑在肩上
还是笑嘻嘻的
偶尔上街，给小儿子买了
一根冰棍，清凉半个夏天
突然有一回遇到刘小花
她已认不出我来
只是顺口问了声你是谁啊
然后对我笑了笑
笑容很快就被风刮走

青蛙的犹豫

枯坐井底
呐喊无济于事，每天睁眼只能看天
看天一眼，顿生无奈
时睡时起，喝水，捉虫
从不越界，安心过日子

眼光不敢暴露，唯一的抬头动作
渐渐被想象，自己恍若乌龟
将耳闻目睹藏进脖子里
不吵不闹，午夜只发出浅唱低吟

成天猜想，宇宙再大也大不过井
这是一门高深学问，世界大小岁月远近
只在一念之间，无所谓挣扎和悲苦

唉，该不该爬出自己的井
爬出自己的眼睛
去看看那些坐天观井的人

西藏行

圣洁的雪山
没有嫉妒，只想看一眼
看一眼便已足够，今生也就会得到保佑
保佑平安，保佑吉祥，保佑心想可以事成
此时我在拉萨，看到多年前的
一位公主
是多么不容易啊
从中原到高原
只为一场颇有高度的爱情
便让人仰慕千古

只想说

天色微明四下寂静
是一天开始修行的地方
只想说有光就有争吵
当我回过头来，铁树已长高
河流哑口无言
只想说此地不宜久留
于是拨云见雾一路荆棘
站在高山之顶
众人不过是一地蚂蚁
爬行着那些卑小的命运
只想说：知足吧
清早与黄昏
不过是对孪生兄弟
没有大小区别
仅有先后顺序之分
上前的，不过先行一步

月食

今晚我在等
儿时的那只天狗
爬上冷家坝的夜空
一分钟、两分钟
只有时间像只乌龟
不慌不忙地爬过今夜
无法看见天狗的模样
高悬的月亮
孤独地映照着秋色
真担心它被什么
突然咬掉一口
又用什么来偿还

石头

石头脆弱时，被风吹走
石头的脚和头颅都在挣扎
张牙舞爪，连滚带爬
我看见一块石头就这样飘走
却始终保持着石头的风度

牵着堂哥的手
仿佛牵着石头的手
堂哥这辈子，连爬也爬不到坟墓
永远站不起来，两眼睁开
望着这个叫人间的地方
说不上半句话
渐渐成了石头
真担心他被风一吹，便消失了

写给兄弟

说好用一年的时光，琢磨两个
吉祥的词语，写给回家过年的兄弟
兄弟远远地摇头，还说
算了，算了，一年的仅有的相聚
再吉祥的话，也形容不及

兄弟今年开着塔吊，坐在城市上面
看着城市来来往往的人群
仿佛游来游去的鱼，他
极像个钓鱼的
他看惯了城市的每一天，最后
还是一步一步爬下来
兄弟说，别看我坐得高
走在地上，老比水里的鱼低

兄弟回家，邀我喝酒
唱起《打工行》，唱着唱着就哭了
兄弟说，哥，你要写就写写我日益缩小的村庄
把我的村庄写大
我在外拼搏
才有挺直腰杆的勇气

可是兄弟，你的村庄也是我的村庄
它就像出站的一列火车
渐渐远去
已开向那个大大的
叫作岁月的城市里

春光谱

请你张开嘴
收下那些温暖的光
请你接纳白云和所有畅想
三月放慢脚步
河岸空无一人
来不及赶往江河的
每一株油菜花
刻意书写一个个怀春的故事
春光连连，致谢着花开花落

枯叶蝶

远道而来的大风
摇落一地树叶
其中两片挨在一起
成为一只蝴蝶
第一次见到它在梵净山
翩翩起舞，美丽的身姿撒满山谷
第二次在安子山见到
这是长在云上的村庄，住在云上的老人
过世，仿佛一片片叶子从树上凋落
而他们，是否都组合成一只只蝴蝶
不得而知
这些生生不息的树叶啊
该以怎样的方式化茧

选择在野外迷了路

天逐渐黑下来，昨夜的星光和露珠
隔着山峦放慢跌落
丛林对话山泉，以禅歌的方式
自问自答，来不及掩饰
所有的宁静都为飞鸟长满青苔
所有的寂寞都为落叶堆积月色
选择在野外迷了路
像那些不着边际的云彩
日暮向东 ， 蓝色向晚
结局不知归途

爱情蹲在山尖看你

断肠的旋律，将思念拉成河流
绕过无数村庄
此刻适合烈酒
将自己灌醒

不想唱，干脆关上自己的嘴
话语是手上烟头不停抖落的烟灰
忽明忽灭间，沾满一地
酒精的温度渐渐上升

隔壁欢歌笑语，用毫无平仄
的情怀高唱，歌声
将我抽打了一回
倒下一场爱意
也倒下一副躯体

天明，爱情蹲在山尖看你
你曾行走于尘世间
见过牵手过河的浪漫
见过相依相偎的亲密
却看不见，爱情里
属于你的那个人

六楼的青蛙

真的，我听到蛙声
在县城的六楼
临街的一间茶室里
蛙声似乎从乡下
匆匆赶到城里
鼓起腮帮子，收腹纳气
逼得一脸通红，使劲
张开口，有气震星月之势
很快又被猜拳酒令声湮灭
这只青蛙越是更加起劲
几乎挣扎，使出浑身解数
表达来自乡间的韵脚
以及满含荷塘的底气
却无法展开田园画卷

十把刀

应该在月出东山的时候，叫醒
这满山的子规、画眉、乌鸦
应该多置些神器，接纳这爬坡上坎的月色
应该下山，寻块磨刀石
对于那些断成两截的废铁绝口不提
十把刀，就这样生长于悬崖峭壁上
生长于深山密林里

那个徒手攀岩的拓荒汉子
停下手中的活
一个山寨由此而生

我们的到来有没有惊扰那棵老树桩
以及树桩上的绿苔藓
这个以十把刀命名的寨子，对过往保持沉默
沿山的通村公路，捆绑着不可告人的秘密
寒风过岭，寨中人怀抱闲适的日子
不问世事，不问前世今生

当我们抵达十把刀
寨子炊烟四起，腊月里灯火温柔
如一幅简笔画安于山顶，轮廓分明

彭姓老人用沧桑的言辞叙述
山中藏荆棘，先人连续砍断刀斧十把
从此安营扎寨，繁衍开来
松涛阵阵，那是刀斧留下的铿锵之声

雷声

以为爱发脾气的父亲
拉开嗓门
我忙躲进母亲怀里
母亲哄我
孩子，别怕，是雷声
我早已捂上双耳，闭紧眼睛
期待第二次雷声来临

这第二次雷声
谁知，时轰时停
几十年光阴就过去了

当傍晚，雷声又一次
响起，我忙着睁开双眼
查看真相

轰——
是童年的惊叫

轰——
是依稀的乡音

轰——

母亲，是否进了家门

妙隘

红军路过，朝天开枪的地方
祖父们还在谈论着地主
小伙子结伴远离村庄
砍柴割草的祖母，放下镰刀
竹篓背过儿子，现在又背起孙子
游走在村外玉米地旁

赶集成了全寨人最为快乐的时光
时尚新鲜的物品，占据妙隘的
一条必经之道，汇聚成
乡场。人来人往夹杂车辆穿行
玩具气球拴在竹篓上
牵回寨子，这是与外界
仅有的交往

临近腊月，小伙子仿佛领着奖品
领进外乡姑娘，增添了寨子人气
鞭炮，唢呐，喜糖，喜酒
开始替代屈指可数的日子
春节过后，又恢复如常

冷家坝

爬上梵净山的石头
滚下来，滚成球
赶过太平河的楠竹
过不了河，纷纷往山顶挤
云朵俯下身子，从山腰穿梭

此刻冷家坝多像一只绿色漏斗
鸡鸣犬吠声如同沙粒一般
悄悄漏入大地三千米之下
剩下的虚空，迎接着一朵桃花
静静地绽放

你的笑，藏着刀

你的笑，藏着刀
我的心，被你温柔地割掉
想寻找
却无处着手
干脆痛痛快快地忘了
痛过后，却忘不了
回忆是疗伤的毒药
越回忆，越伤痛难熬

椅子

群山倘若是一把椅子
谁可以云朵一样，端坐其上
烈火倘若是一把椅子
又有谁能安然坐立
椅子越来越多，数不胜数

浮于尘土或付诸江流
寻一寸之地安身立命
椅子，没了犄角
四平八稳，坦然相对长空
星月之夜细数蓝天白云

当你把这方水土传位于我
四野春草盎然，举过花朵
来不及掩饰悲喜
风，发疯似的如大军压境

被风立起的那把椅子
又有谁轻轻拖过来
安于原野、厅堂
或者年轻的地方

散步或游走于山梁

从齐心坝到安子山
众鸟不飞，只为傍晚
红霞齐聚，静等秋露
这些立于不败之地的野棉花们
羞着粉红脸庞，在路边随风吟唱
沿着山梁，一步一步踏进夜色
天空这张脸啊，抬头便可亲吻
每当远处亮起一点灯火，我
几乎讲不出话来
群山之上，也被世俗之光惊扰
还有什么理由让它通往更久远的静寂

一粒草籽的话唤作神仙

大树你好
冬天被甩进山沟
我们和树叶一起追赶着风
风吹过山梁
我们却跑向深湾
没来得及致谢
却抱紧泥土
然后我们等待雨水
等待一场雪
等待山间开春的第一声鸟鸣
第一轮暖阳
然后我们手舞足蹈
一次疼痛
便迎来一个新的自己

跟太阳对话

来吧，拿你当球踢
可夜半时分，又梦见了你

将你背上山
却一天一天滑下来

看你红红的脸庞
总觉那里面
有一种苦
在燃烧

观毕业照

能和你近距离挨着
看傍晚夕阳和来回穿梭的
汽车，并且怀念岁月
在校门前的方寸草地，已很不易
我曾努力，无数个殷勤
最后还借助酒精
若不是纪念长久的相聚相离
或许我们永远相隔很远

我曾用文字将你
歌颂成梦中仙子
曾期待与你牵手
可注定与你擦肩于尘世
一纸照片定格了过去

你仍然那样活泼可爱
我却渐渐认不出自己

给于坚

尚义街六号，一枚
穿过天空的钉子，对一只乌鸦
命名。想象中的锄地者
于坚，你在傍晚的边界
你在事件中，在 0 档案里
飞行
捧一本人间笔记

你说诗歌要从隐喻后退
后退到云南及云南的山峰
和那山峰之外鹰的领空
你才在没有山冈的地方
也俯视着世界
才在黑夜里悠闲踱过
茫茫草原

记得惠子谈道
"狗日的于坚他就是一个诗人
他有不同于常人的思维方式
他无事生非，经常把
白说成黑，黑说成白"
你们这拨人

为了文字，喝大酒
还跳上桌子书写
纯棉的母亲

于坚啊于坚，你说
诗歌来自大地
"锋利的锄头，犹如春天
被大地的边缘，磨过的
光芒"，高高举着
落向大地，挖出来
一块块语言的舌头
一章章舌头的诗篇
有人评论粗鄙
你却越挖越极端

早些年有人故弄玄虚
"黑夜给我黑色的眼睛
我却用它去寻找光明"
后来又有人高呼：饿死诗人
饿死狗日的诗人
你却站出来
"写一流的诗
读二流的作品
谈三流的恋爱"
"不断地调整动作把身子舒展
完全进入一匹马的状态"
你扛起你的旗帜

你宣告着于坚的年代
大地，任你词语的机器开采

海子看海去了
"面朝大海，春暖花开"
于坚，你正越过滇池
正越过高原
梦想着看到
一只老虎
面对千山万谷，一声大叫
回音被风吹灭
黑夜突然降临
春天接近黄昏，被稀释的河流
收藏坠落的声音
你看到了玫瑰的四月

玫瑰成全了花园
候鸟打开了天空
而你没有穿越，四月的黑暗
于坚，一枚穿过天空的钉子
转过头来
像个感谢大地的感叹号
一头掉落在诗的前沿
从此天下无云

低沉的云

低沉的云，天空也随着降低
城市从大地上逐年上升
飞机的道路没有改动
只有人，有些高高在上
都说天空的高度天天向上
十万八千里，任何人不便超越
都说天空的地位永恒，像个霸主
抬头朝拜，我们才可以坦荡做人
但是天空，因为云
逐渐低沉
我抬头，天空似乎触手可及
我开玩笑地说，云啊
你是不是想哄哄我的眼睛

猴子

有时走在街上，看这偌大的尘世，仿佛动物园
全住着猴子，我只不过是其中一只
猴子们来来往往，表演着自己的把戏
挠挠痒，或者拍拍别人屁股
尽管丑态百出，同样收获尘世的鲜花和掌声

神通广大的猴子，卖弄自己的本事
仿佛表演着魔术，将虚无徒手一变
成了有棱有角的现实

不显神通的猴子，卖力使出自己的本事
真实的情节，动作一出
成了别人的猴戏

树叶的爱情

树叶，在山林中
只和最邻近的树叶相爱
从一开始便无须言语
一辈子相互守候，从不离开
于是整座山林相敬如宾
树叶默默无语
偶尔在风中点头
便是一生中最为壮观的致意
每每面对一片树叶的爱情
我总觉自己的话多余
总觉得尘世的爱情
比起树叶来，不值一提

夜

花在午夜睡得很香
梦里有月光
一声狗吠无法惊扰
群山藏进夜色
木屋之下
夜向我慢慢袭来
一片宁静
世间不过是彼此折磨
连宁静的夜晚
也不会放过

母亲，我从哪里来

母亲，我从哪里来，假如不提你的肉体——
你那日渐布满皱纹的身躯
我从黑夜一直往回走，企图回到一尾精子
我知道生物学的解释，与父亲有关
我为何来得这般积极，是婚姻还是爱情的奖励
我看见岁月逐增，母亲的背影在风雨里逐渐降低
岁月仿佛一堵墙
母亲被阻隔在一个叫作故乡的地方
离家千里，站在黑夜的门外，和山峰一起
沉寂。想告诉母亲这个夜
多厚，而手中握不住日渐西下的时针
夜降临了，母亲，我从哪里来

驱赶昨日的路灯，把黑夜从宇宙中
驱逐，我知道内心来自黑夜的掩盖
而黑夜一如往常，贴在脚步上
像一块药膏，我因此迷路一生

石头在黑夜中奔跑
像穿梭不停的日月星辰
我睁开眼便能触及，闪闪发亮
母亲，我从哪里来，劈开黑夜的石头

回忆仿佛一场流星雨

我手舞足蹈
母亲的背影退缩到一只猫
鱼在奔跑，用我的脚步
我是一尾精子，还是一条鱼
母亲，我怎会永远奔跑
在你的怀里

望长天

到了不动声色的年纪
让嘴保持讲人话姿势
让耳朵学会放下
如果双眼长对翅膀
飞向长天
可看清世界什么

昨天已是昨天
今天就是今天
明天决不委下身来
得失之间，有一扇门
供自己来去自如

让目光拔腿奔跑
内心即使四季分明
岂知人间冷暖
生在地上天不管
冷来时借披雪衣一件
继续望长天

风吹开前面的路

用风的痕迹，挽留昨日
阳光献上一部光芒回忆
快来看吧，这里异常寒冷
有些光芒早已融化
有些光芒依然如冰

融化的，流淌
在生命河流之外
如冰的，封锁了
心灵寒城
风不停地吹
吹开前面的路，山明水秀
一派清凉的风景
暗红的太阳，犹如冰冻的血
沉浸在水里

我沿着风的方向
步入寂静
一群停宿寒城的水鸟
正在起飞

那些伸向天空的枝丫

听过飞鸟翅膀的扑闪
也举过一双双飞鸟爪子
暖风南来
那些伸向天空的枝丫
开始了手舞足蹈
摇曳，摇出装满寒冬的痛
有的只是跟着摇晃
以卖力的姿势摆脱原先位置
若有云彩
不必搅局
那些枝丫，想停也停不下来
想摇走一段段旧时光
比如某个下午，伯父突然从树下经过
比如某个清晨，那段时光又被伯父带走

吞咽

那一次，木棉树下
长长的走廊空无一人
一颗跳动的心脏
突然暴跳如雷
突然以跳出胸膛的姿势
对咫尺天涯的一女子
说了句恩断义绝
从此再无下文

那一次的话语
是否叫作勇气
如果恩、断、义、绝四个字
是四枚果子
我能否将它吞咽回去
诚如我能否将时光中的怀念
一口吞咽回去

无奈的鹰

山冈之上，白云打滚，夜飞奔
沿着流水，鹰的行踪
在暮色里逐渐降低
鹰卸下疲惫，散步
在白云脚下，岩石之顶
山风前来问候，鹰打着呵欠
准备跌向大地入睡
太累了
飞翔纠缠着一生
热爱奔跑与行走，也只能远离人类

手是翅膀，脚是武器
胃是饥饿，是贪婪
鹰越过白云，扑向大地
一次又一次
生命中充满越来越多的罪
面对追赶，便起飞
因为对人保持敬意，才有逃的感觉

无奈的鹰，多想寻找人间同类
于是藏起致命魔爪
满怀孤单心情，盘旋天空

画一个又一个圈
仿佛设置一扇
人鹰与共的门

行云

五月十一日夜，晴
天高月明，太空大阅兵
风一声令下，停靠在傍晚的流霞
组成方块队
听从风的指挥
从南往北　缓缓前进
李政从身后走来，拍了我一下
指着月亮说
看！好大一颗帝王星
旁边还布满卫兵
我那时多想对着天空喊：暂停

灯中母亲

幼时，母亲举着油灯伴我夜读
灯光淡弱，我却清晰看见书本中的文字
仿佛疲倦的母亲强作的笑脸
母亲坚定地说，油灯是夜里的太阳
孩子你必须穿过，才有光明的一天

后来通了电，一个人关在房间写诗
灯光微寒，我发现文字逐渐模糊
我的身体在颤抖
母亲吃力地说，电灯是夜里的太阳
孩子你必须穿过，才有光明的一天

我的一生充满光明
母亲，你说夜里的太阳布满
我的房间，其实是你从不抱怨的声音
像灯光一样　填补我的视线
和视线之外的黑暗

像一尾游鱼

如果水一直在
鱼就会一直游吗
藏身一枝野棉花下
比水还干净
在体积无限大的奇点里
膨胀着迷人的禁令
和鸽子花的染色体
像一尾游鱼
占据着山川河水
为了游走
悄声无息

左手谢天，右手谢地

梦境代表寒宫
神仙在笔尖开会
冬天披上雪的外衣
洁白，白得欢天喜地
白云远逝，整个村庄淹没
河流被围困
要是有杆枪多好
我就可以领导神仙起义
几千只飞鸟就这样飞走
几千年光阴就这样远去
我还在，可以写诗
如果风调雨顺
干脆挑个良辰吉日
去北极之极
左手谢天，右手谢地

虫的法则

虫的法则是四条腿走路
遇到追赶便起飞
虫的法则是舞弄翅膀
镶在天空，贴成一处风景
你无法与它保持联系
拨通虫的号码，虫不知
回应，虫的耳朵、眼睛、鼻孔
很多年不再与人一道呼吸
它张开双臂便起飞
你还在准备拥抱群山
拥抱大地，可总在群山之下
你看那虫已镶入云际

或许愿做一只虫子的人
离飞翔不远

黄土赋

站着，是山
躺下，是路

若干年后
其实我们都是泥做的黄土
承受着整个世界的孤独
倘若没有风吹雨打
我们又将归往何处

思念

如果南方空气如神，我能抵达的
是那永无休止的朝拜
并用思念，做成贡品

没有你的踪影，我爱上空气
面朝南方，我虔诚无比

天空

天空无处不在，上山砍柴
下河摸鱼，你的天空高高在上
我的天空映入水中
扯几把水草便把它遮住
微风起，天空长了皱纹

昨夜松江滚滚

没有出租车，只有不曾带走的七星广场
和寂静得没有一丝声响的街灯
松桃这座小城打着哈欠
一直到杨芳路，都是疲倦的样子
只有松江河，没有睡意

昨夜松江滚滚
奔腾的河流，仿佛拉开自己的嗓子
怒吼，让无眠的人，有些惊慌

昨夜松江滚滚
奔腾的河流，仿佛长了脚
还爬上了岸，行走在小城大街小巷

我沿小城走了一圈
只想让奔腾的河流
快快洗去我开满哀怜的花朵
和洪水给我堆积的彷徨

过河看桥

渡。身置于水
流动的不是年华
是逆流而上的心

渡。影置于水
漂浮的岂止光阴
喜怒与哀乐早被冲走

此时我看桥
已成一副道具
人来人往，悲苦自如
而我站在水里，辨不清此岸彼岸

桥如弯月，割去
日子的某个时分

你说，老家的雪很美

腊月里的一场雪来得欢天喜地
撒满山腰
覆盖屋顶
却落不进小河中央
一条河，依旧伶仃

你说，老家的雪很美
能不能给你寄两朵雪花
添上几枚落叶
搭几丘水田
顺带一排木屋一条石板路
跟平时寄信一样

我做不到
更不能把老家寄给你
老家就是这样，像爱着每一个孩子
接纳着一场又一场雪
一年又一年
一季又一季

卖鸡

东门菜市场路口
仿佛一切跟土有关
这个乡下人很土，表白
很土，衣服裤子很土
手里提着两只土鸡
一大群人围了过来
盯着两只土鸡
好土的土鸡，问
多少价钱

价钱不是问题，你争
我抢，土鸡被城里人
转来夺去，土鸡被城里人买走
乡下人始终没被城里
人看一眼

等风吹过

坐在小溪边
看老桥静在水上
等风吹过
阳光唤醒嫩柳
和着流水轻吟低唱
叶子呼啦啦笑着一团
阳光身后，我原地不动
尽管河边小树早已茁壮
季节染红青山
时光染白双鬓

意外

意外是一枚子弹
前天打中姨父的堂弟
今天又打中姨父的女婿
我在中午，赶往姨父家
路上，一辆渝B的小车飞驰
转弯的地方，飞向贵州一个叫大坪场的田野
渝B小车最后停下来的田边
小车四轮朝天，刹车灯闪个不停
一顶婴儿帽格外引人注意

我摇了摇头，继续前进
赶到姨父家，姨父泪流满面
一个劲摇头说不该啊不该
仿佛意外这一枚子弹
像没有方向的疯子，胡乱出击
可谁又有躲藏的力气

我回来的路上，又看了一眼
田边的渝B小车刹车灯依然闪个不停
都这样了，还闪灯做么
只是婴儿帽依旧在那里
没人去捡拾

乡村教师

年复一年的乡村路上来来回回
跋山涉水把爱和知识传递
守土三尺只愿山里孩子走得更远
甘愿顶天立地的梦想灰飞烟灭
决不放弃，扎根到底
只是风华正茂已变成默默无闻
深藏大山未曾高歌自己
胸怀河流却要献出海洋
山村，山村，永远的山村
岁月，在山旮旯里打磨得格外宁静
钟声起落，只有自己听得清
晨读的孩子，此时是最幸福的

走过夏天

一个人沿着河流越走越远
巷口、街心
哪里有答语
生命守在透水的狭长过道
逆风，像展颜的指甲盖
坠入心弦

去了解逐光的方向感
寻一个心上人
走过夏天
缠绕竹墙的苦瓜花
自由生长
随手一挽漫湿心田
流过夏天的衣衫

先走一步

先走一步
就先赶上春天
就先开出花朵
就先散发芬芳
后面的，依旧
陆陆续续爬上山来
成为风景

披油布的小女孩

走在田坎尽头
透明的油布披在肩上
依旧看不清你稚嫩的肩膀
任凭细雨淋湿脸庞
你没有低头
和身旁的油菜花一样
把这个绿了又绿的季节
染黄
用那双小手和干瘦的脸

照亮

爱上你一天或一瞬间，就够了
时间河流里，人生百年与一刹那
毫无区别，无所谓谁长谁短
爱上你只需要一天
只需要你一个微笑
就足以照亮我的整个一生
及整个世界

焦虑症

我生来
为什么不能坐于一朵花上
为什么不能徒手飞上山顶
为什么不能用水呼吸
为什么不能用肚皮赶路
为什么不能长出叶子
为什么成不了
故乡的一草一木
为什么故乡却草木一样
收留了我

送你一艘航空母舰

你若来桃花源
这满山的珙桐树、楠竹
满山的溪潺鸟鸣，满山的杜鹃花
以及神出鬼没的金丝猴
定装不下你的双眸
还有那些肥胖的云朵
锤子大的星斗
如果你要带走
我送你一艘航空母舰
让你装个够

出嫁诗

从一个寨子到另一寨子
从一条河到另一条河
绕过千山万水，绕过前世今生
只为与你牵手
撑一把红伞，上船
嫁妆是多余的
袅袅水波
悠悠青山
就这样一起慢慢老去

那些飞走的面具

人的双眼，一旦长成翅膀
这张脸，终将飞起来
飞成一个个面具
每每立于悬崖
我总希望一阵风
将我这潜藏的面具从脸上
吹走，哪怕吹成一块骨头

战场

要跟这个村子
最软弱的几户人家
来一次竞争
扛一袋大米或两桶菜油
打入内部
算作战事开始

修整道路
改厨、改厕、改环境
争取超越对方
把仅有的那片竹林利用起来
把门前那湾池塘
以及房前屋后的桃树、李树
利用起来
筑成一个幸福的战场

有月亮和星星的夜晚

谁把黑夜，戳穿
无数个洞，泄露
天宇外的光明

小石桥下的流水
冲不散，缠缠绵绵的两个人影
第一次相约
怕被过路人发现
靠近些，遮住两只紧握的手

说什么呢
石桥在倾听

终于听见，还看见
戳穿黑夜，获得光明
是那正指向天幕
一个和另一个手指头

沿河

我想听那乌江的滔滔之水
是怎样流过我的窗前
车流的喧嚣却将之掩盖
一阵高过一阵的鸣笛
连同工地上钢管架子的哐当
切割机的嚯嚯
在这小城，没有一刻停过
江对岸同样是一片忙碌
能否听听涛声不得而知

站在二桥上
黑夜里，乌江之乌
在霓虹灯闪烁下
一言不发的样子
倒映着依山而建的高楼
或许，我这突如其来的造访
刚刚缺一场暴发自乌江之源的山洪

沿河而上
沿河而下
到达那天界或远古，倾听
离不开这新修的出城高速公路

与诗无缘

总觉得，我住在此岸
一条河，阻隔了多少梦想
甚至想用几句话，将
那份风景留下也好

总觉得，唐诗宋词里的余味
徘徊在眼前，想
抓住那华丽的尾巴
哪怕是几根羽毛也好

与诗无缘
一首诗被我念了几十年
却描绘不出它的点点轮廓
比如陪陪老去的父母
亲手为他们点起故乡的炊烟

一条河，将这首诗阻隔了
这条河有个名字
叫时间
我日日夜夜徘徊
在它的边缘

伯父

人世间装不下他的一个脚指头
便用泥土将他全身覆盖起来
他躺在山梁上
听惯了风，听惯了月
听不惯的是，子女的一声声呼喊
他爱搭不理，面对儿女
心里想着，眼前的陌生人
你是谁啊

照相师傅

对于你来说，整个宇宙
和冲洗出来的相片一样：三寸

不仅如此，连流星
也要抓住，献给世人的眼睛

瞬间定格别人幸福时
世界之于你来说，只能眼睁睁

比画家高明
却一辈子做个旁观者

飞鸟

突然就站在高山上
就像命运，被推上了生活之巅
我心惊胆战地望着下面的日子
山静静的
悬崖静静的
几声鸟语挣扎着

茫茫群山里
我愿做一只飞鸟
飞向天边
据说，那里也有生活

需要

需要万籁俱寂的星空下
铺开一片沙滩
需要我席地而坐
思考这个地球
百年之后，是否坠入虚空
是否点燃几束烟花
能将它顶住
我那将要出生的孩子
能否把它捞起来

两只苍蝇飞过窗前

一只苍蝇飞过窗前
我会想念它一生
蓝色玻璃，用透明
把思念切断
越透明
越不能想念
又一只苍蝇飞过窗前
窗子来不及关上

"亲爱的，你慢慢飞"
小心前面的花朵

把诗写上天

把诗写上天
诗就可以不要翅膀
自由地飞
人间太多的词语
庸俗、恶毒
能将一个人
化装成一头禽兽
也能将一头禽兽
装扮成一个人
人间太多的词语
美丽、温柔
能变成一把刀
也能变成藏刀的蜜
一首诗
无力承担的太多太多

把诗写上天
就可以把诗交给蓝天、白云
交给狂风、闪电

母鸡说

成为一只鸡前
孩子，你们都是蛋
都从蛋里挣扎出来
所以你们的嘴、双脚
都是敢与这世界顶撞的武器

在山巅

月亮出生的地方有光
握住它，把光种在心上
日子便不会忧伤

在荒野上，扬刀割草
纯白色的茉莉花
燃烧，在星火落日边

从来不知道
山巅也有满眼青绿
直到我，走过广袤无垠的原野
抵达无人的山巅

银树之乡

东北有雪乡，梵净山有银树之乡
这些银树正以雪白之躯
傲立梵净山上
金丝猴悄悄走过来
艳阳高照的时候
离白云最近的地方
保持纯净的样子
人间烟火此时也觉得虚无
千山的鸟收起翅膀
等待春天来，一齐歌唱

红月亮，白鸽子

等了那么久，终于
等你身披一袭红纱
悬挂
无边的漆黑里
孤独缠身
正被白鸽子看在眼里
晕血的鸽子
该怎样度过今夜
红月亮不言
白鸽子不语
引来几缕轻云
悄悄飘去

梦里的水声

可是亲爱的姑娘
在上游痴情呼唤
自由欢快地流淌，水声动听
夏夜的河流沿着石头
沿着两岸的玉米地及高山
从白天经过村庄
从绿荫下经过黑夜
哗啦啦地涌进睡眠

姑娘哟
你的思念你的牵挂顺水而下
在夜间沿着石头沿着两岸
自由欢畅地流进梦里
可漆黑的夜使我的梦漆黑
我闻声逆水而行，像一条鱼
水声如刺，水声如针

逆水而行
梦里的水声更哗哗响

抬光明

举着火把，也要抬光明
从乌罗到冷家坝，三十多里山路
爬坡上坎，翻山越岭
三十二个人，用肩膀
将那承载光明的柱子
一步一步，挪移到山顶
密林悬崖，艰难险阻
也抵挡不了这源自城市的吸引
光明是什么
光明是高山上的一束亮光
摘下来，装在屋子里
哄哄这害怕孤独的眼睛
在冷家坝，六十瓦的电灯泡
衬托着寂静无边的夜色
金丝猴绕屋后而过
黑熊绕屋后而过
云豹绕屋后而过
眼睛里映着昏黄的灯光

冬日早晨

树木安静
河流安静
最先抵达林间的一缕光
也异常安静
粉妆玉砌的景色遗留草尖
只一声鸟鸣
便推开桃花源的房门

无题

太阳在洗脚
月亮在调情
抬头，还能仰望什么
此刻夜空静得像个尼姑
这城市的木鱼
正被一盏盏路灯
不停地敲呀敲

风来

风来时
才感到山的存在
你来时
才感到风的存在

记得

只有生活在高山上的人
才日夜期盼星星
即使快下山的太阳追赶
那份乐趣也不会消散
让野茶花一朵朵长出翅膀
去芬芳整个季节的复出
春天记得春天
木屋记得木屋
一切那么静谧
诉说着花开的秘密

夜宿齐心坝

蛙声不分白昼，尽情张嘴
几亩水田，也能盛下暮春的欢歌
能看见的是高过山顶的团团雾霭
此刻也静悄悄地从齐心坝
徐徐绕过。天空做成一顶大帽子
徐徐盖下来
时好时坏的天气
搅动着窗外那些渐行渐远的梦影

入秋记

扛几个烈日
也抵挡不了山顶凉风
竹林青翠，渐渐褪黄
那个傍晚，夕阳
使了劲地猛烈了一阵子
也毫无用处，一场雨
把盛夏浇灌得五体投地
齐心坝的庄稼汉抖了抖身子，迎接
那些即将归家的果实

天堂与桥梁

乡间，小路，河流
长在半山腰的小学校
伴着那些远离世俗的读书声
多么可爱的孩子呀
三五成群，无忧无虑
每一个孩子都是一座天堂

粉笔，讲台，课堂
游走在三尺之地
教着那些孩子靠近阳光
多么操劳的老师啊
滔滔悬河，一言九鼎
每一位乡村老师都是一座桥梁

电话坏了

电话。情话
使用着同一个号码
电话机坏了
爱情也同样受损
不过也好
终于清静下来

我会修理电话机
可我修理不了爱情
一个免提键
不修也罢，不提也罢

空空

劳作一天至午夜
感觉空空的
其实一天感觉空空就对了
空空是无所求的
空空是最轻松的
如拥有蓝天白云一样
能够嘻嘻哈哈三秒
胜过人间百味

口水诗

桌子有脚
为何长不出头来
极像一只乌龟
椅子形如赤兔
蓄势待发
谁在预谋着一趟赛跑

风筝

鹰在天上飞
鱼在天上飞
兔子在天上飞
几只乌龟占领空中领土
自由地飞来飞去

高高在上的动物们
都是风筝
风筝，快乐的风筝
你是鹰的替身
鹰盘旋山谷
你留在城市，俯览风景
你是鱼的梦想
鱼藏于深水
你暴露它的意志，在空中飞行
兔子往往出没于丛林
也有占领天空的野心

天空没有十字路口
等不了乌龟慢慢爬
也不允许飞行者
擅闯红绿灯

水中捞月

想你，想满世界找你
想你，想把你从水中捞起
一湾碧塘，或许空作道具
倘若你是月，我又从何处下手
夜静微风吹，灯红酒绿
你的影子，渐渐消失

中间的河流

越来越好的天气，水泥桥逐渐伸入乡村核心
城市高楼在对岸野草般疯长
中间的河流，在岁月之上
该表达与日俱增的喧闹
还是亘古依旧的宁静

桥上人来人往，通往各自的岸
相遇的目光来不及对视
此刻秋叶露水浸透月光
四野之外，风潜伏于天堂
已经没有理由阻止一次恋爱

尽管这样的夜适合爱着并死去
许多花朵般的往事不停凋谢
唯有绕河而下的流水，战胜
月光，叮当作响
听吧！昨夜的右岸
一只手给另一只手疗伤

命运只是一家有限公司

统治全世界，但不能统治自己
无休止地向前
昨天到今天，今天到明天
仿佛枝头飘过的云朵，来去无踪
一瞬间暗藏变幻莫测的力度
高山顷刻溶为流水
流水转眼成就沧海桑田
时间伟大，时间也卑鄙
我们这蝼蚁般的生灵，坎坎坷坷
像一群逃犯，逃过河流
逃过山冈，逃过一年又一年
却逃不过疾病的追杀
逃不过厄运的阻拦，即便一如往前
也有倒下的一天。因为我们的选择
仿佛命运只是一家有限公司

桥上行人

流水从东门桥上经过，有马蹄声
城市的边缘，一座石桥
通向农村。人驾着马车经过
仿佛遥远的战争
化成缓缓流水

我正从桥下经过，划着船
驶向山花烂漫的春季
这边，春意盎然的早市
那边，郁郁葱葱的田野
只有马车和赶车的人，形成黄金分割点
他从乡下来，身后是春
前面的城市，早早地将他迎接

敲打六楼的墙壁

敲了三下，我仿佛站在山上
敲了三下，天空的门
我有些受惊于自己
举动为啥如此随意
隔壁有人回话
六楼的邻居，仿佛天上的人
好像在埋怨谁
是不是指责我的冒昧
若是这样，别怪我有一天
会敲垮这堵墙

在五楼的阳台上

阳光懒懒地躺在菜地里
我俯在五楼的阳台上
特别的居高临下，我终于

不再抬头仰慕太阳
一个人住在阴凉处，只有
打开眼光，触及大地
便能触及大地之上的光芒

橡皮

想借一块橡皮，擦去
所有往事。然后被风一吹
自己回到一张纸才有的
空白。于是重新上路
从头再来
泥瓦、木屋、柚子树
竹林，河水
天空，阳光
那个叫溪坪的寨子里
一个叫杨松林的孩子刚刚出生
父母日出而作，日落而息
他咿咿呀呀，不对这个世界说三道四

多情

洗发水的香味飘在田野
生怕有一根头发低垂
姑娘轻轻地吹
爱情便翘在发尖

蛇语

三月三，蛇出山
蛇皮赶在前面
蛇在冬季长眠，在秋季蜕皮
然后钻进山洞
与土地深处的黑夜交谈

此时，蛇在暗处盯着我
仿佛一次危机，随时
向我发难
我对蛇皮肃然起敬
然后悄悄绕过树，走了出来

蛇在深山，舞蹈着
它们缠绵，一起下河
沿着溪水。你追我赶
蛇的一生在深山老林
大摇大摆地生活

飞蛾扑火有感

为了彼岸，你选择飞翔
越过世人的赞美和谴责，你一路歌唱
其实一生的不幸，或许在彼岸
你却向往

飞翔——飞——翔
一次惊人的壮举
你成功到达彼岸
生命因此伟大
或许飞蛾扑火别无选择
仍用火光见证，尽管化成灰

足球场一睡

躺下去，四百米跑道包围的草地
鸟飞得很低，鸟的天空与绿茵场
遥相呼应。鸟们擦肩而过，没有招呼
我步入黑夜，仿佛步入别人的白天
这张床很大，但是别人的

走自己后门的人

一把钥匙插入后背
隐藏在身后的门打开
我从自己的后门逃了出来
生活，你逼我后退
我于是绕过自己
抵挡你

理解

无数次仰望，仰望天空
天空充满蓝色
群山将我困住，我仿佛青蛙
住在群山围成的井里
仰望天空，等待云朵飞翔而来
等待云朵笑我坐井观天

我的确坐井观天，井壁是西部群山
而天空到底有多空
就像我的心啊，是怎样一个无法
用怜悯填满的洞

飞行的鱼

风吹草低，内心跟着摇晃
多年不停穿梭，落不下来
自己属于天空，有心脏有鳃的飞行物
越过山冈，越过森林和波浪
一排排飞鸟擦肩而过
洁白的羽毛装点眼前浮云
一阵阵春暖秋凉顺时便来
排列了昨天到今天的一路时光
当我面临空旷，当我迷失方向
当我被风卷起，忽高忽低
我多么渴望下跌
多么渴望沿着河流
静静徜徉

用一滩浅水，也能将我收买
尽管无数奢求仍自由飞翔
像来去无踪的尘土
不分辨阳光和月光，朝前方飘荡
尽管这样的方式适合
没有根基的流浪

不想飞翔

就把奔波卸掉

尽管山洪、狂风和干旱，不可阻挡

可诞生于水，我却选择飞行

泥土啊，有泥土的清香

泥土的清香弥漫我的飞翔

掉落在人海，我有些茫然

如尘埃落地

微小，无法面对衡量

可我总算到达家乡

凭着这双翅膀，却不能辨认爹娘

年轻

记忆中的春天
似流星
与季节背道而驰

年轻如鱼。在一群往事中
穿梭无比

日记一则

2006 年 5 月 30 日，小雨
怀念一个漂泊他乡的人
六年的雨就这样下的吗
雨来了，田野村庄已被淋湿
这场雨，这堵水做的墙
阻隔了远方的山和远方

回声

对一盏灯
咳嗽三下

仿佛灯对着黑夜
咳嗽三下

这悠远的回声
跌宕在蜿蜒的路上

避雷针

耸立于不胜寒的高处
一扇钢铁铸成耳朵
期待自天而降的倾诉
风雨来时，一枚避雷针
亮出本色

乌云相撞的伤口
在黄昏之后，猛地
拉成一条撒野的
巨虫，由天上掉下
弯曲，正打中
我的屋顶。避雷针的一只脚
从屋顶延伸到大地深处
串联了闪光的怒吼

整个夜里
雨洗刷着土地
洗刷着漆黑的天空
我深知一个寓言，注定
要洞穿千古
避雷针的力量正对峙着
渐渐远走的层云

黑夜使我不敢目抵
那将要刺向穹隆的尖峰
而一道闪电犹如一场战争
把它层层围困
我忘了缩头
雨未被叫停
一片电击的感觉

回忆

回忆是一脸胡须
昨天还光秃秃的下巴
今天却长满腮际

回忆是一把剃须刀
今天刮掉满腮胡须
明天又冒出新的

回忆终将是一捋白胡子
拂过岁月尘烟
去翻阅那些满头黑发的日子

回忆最终是一根拐棍
撑在路的尽头
去等那赶路的人

守电话

最无聊的事，莫过于守电话
从早上八点到下午六点
不能离开话机半步
不能做与守电话无关的事
等候，始终等候电话那头
传来一个声音
哪怕是一个喂字
哪怕是一串铃声
而电话那头，始终静悄悄的

那头在哪里
天上或是地下
南北或是东西
幸福还是不幸
阳光、雨露或是泪水
亲爱的，你是否在那头
按了免提

轻叹

让火安慰火
将黑夜还给黑夜
拿什么思念你

谁站在爱情的起点
能望见结局

传说化茧成蝶的刹那
扑向火的勇气
足以抵挡寒冬

给你无言的慰藉
在冬去春来时
将是满头白发

一朵花，无法插在
孤独的岁月里

星空

当天空变成深渊
那些星星啊
是否成为你脸上的斑点

萤火虫

炫耀在夏夜的一身美丽
万家灯火、群星闪烁
一把把飞翔的火，舞弄翅膀
盘旋山谷，用光亮的姿态展现
以飞翔的崇高方式
把黑夜点燃

三月

我是黑夜中被抹去的音符
在白昼乐谱中忘情穿梭
来不及饮啜三月蔚蓝
一片菜花，几只蝴蝶
在猜着，猜着
连我也无法清辨的歌

谁与南风和弦
颤音悠悠，激起我心湖层层微波
是苦痛？还是欢乐
窗外什么时候送来
一枝春天

蜻蜓

蜻蜓就像十二片殇花
还折走庭院
手持竹扫帚的孩子
沿着石板路
布下圈套
"丁吊丁吊巴起，我不网你
我打虫虫喂你"
蜻蜓果真停了下来
懒得识破孩子的狡黠

瓦梯

伯父的去世
与瓦梯供于高堂
同样肃穆庄重
没有比它更高的木梯，在溪坪
一架架梯子让人从低处不断往上
一直保持浮想联翩
能爬上屋顶，相当于可以站在全寨人前面
说一句话，就是一言九鼎
睁一下眼，就可横扫千军
跟天空走得最近的人
身披朝霞，掌管着星月的秘密
在屋顶，伯父常常手弄瓦片
阴瓦头朝上，阳瓦头朝下
仿佛翻手为云覆手遮雨
一个寨子的冷暖
在伯父手中，紧紧拿捏着

岩脑壳

我坐在岩脑壳上苦想
这满天星光
为何与一江河水久久对视
又徒生一个天上一个地上
本来好好地静默
就足以酤一壶美酒
偏偏又被月色出卖
满城流云随风过
原谅这个秋夜吧
如果露珠剩下三颗
一颗交给江河怀念
一颗留给大地压轴
一颗充当清晨序曲

在黔东草海

风车，这挂在天空的时钟
秒针、分针、时针互为犄角，缺一不可
在风里旋转着日子
在黔东草海，每缕风都是时间推手
不快不慢，冷暖自如
有那么一刹那，牛羊抬头
咀嚼着鹰的影子
用青草，却拴不住初夏的日头

致绣爷

围坐鸽子树下，把一片片珙桐树叶
从树上摘到纸上，再用一针一线
别在布上，舞动的
是那纤纤绣指
此刻忘记了自己是个男人
忘记了自己的名和姓
只觉自己融入一帮仙女间，飞针走线
全然不知，一张锦图
已飞出梵净山谷
跃跃欲动的不再是蝴蝶
而是你这颗男人心
哦，绣爷
在你回来的路上，雨点飞偏了方向
梵净山下，你用苗族人特有的针脚
赶制出一片云霞及会唱歌的花朵

乱风渐入双眸

酒桌上的谈兴，适合养一头虎
猛虎下山，遇见的是大小鱼泉
于是温柔的脚步，一步一步逼近
雕梁画栋
此刻一杯酒，就着半卷诗书下喉
吐出的何止坝上的春风
凉拌黄瓜适合离骚
清炒土豆适合宋词
至于元曲，无非一碗过桥米线
当炊烟袅袅，一群浪子无非相中
隔岸的桃花，含着飞雪
弹奏沧桑的鼓点
你素昧平生，推开一扇门
几句难以过江的词开始云游

这个世界留给世人太多的猜想

把乌鸦想成天鹅
或把云朵想成锅灰
浑然一体，这是多么有趣的事啊
因此冬天不至于漫长
下不下场雪都无所谓
寒夜适合冥想，炒一碟花生米
就着愁绪下酒也自有道理
千里之外的每天
充斥着胆战心惊
路人总是一腔麻木，没有惺惺作态
树叶不砸头顶的真理总有人坚信
天上的云，离眉梢仍有一段距离
旦夕祸福，不过是他人晒出的朋友圈
一瞬而过，起波澜的始终遥不可及
于是这个世界留给世人太多的
猜想，比水深
比火热

排排坐

多好啊，满地油菜随风摇曳
摇出油，就可润滑天空
在河边，我们
光脚丫踩了踩河中的云朵
然后竭力攀爬
在河边桐子树上挑了个空中椅子

这是四月，桐花正茂
来不及畏惧、挣扎
我们就这样坐了下来，同一高度
潜伏着不同的悬崖

排排坐，需要多少无知的时光
才将彼此的童真
挨在一起

老水碾

一个轮子，让河流掉头
甚至爬坡上坎
一步一步，推着河水不断往高处走

借助多少旋转
于溪流旁边，倾诉落日和月色
三十年河东，四十年河西
自己余下沉默的骨架

老水碾被搁在河里
那个修河堤的人曾想
要多少个这么大的轮子，才能
打造出一列没有风帆的车
并一直开到那个叫大海的
车站里

孩子与稻穗

坐在秋天的草地上
头顶傍晚霞光，和绿草一起
张望，田野响起迟缓的割稻声
一束稻穗握在手里
充当玩具，一粒又一粒
摘下，此时落日
正被一指甲一指甲掐掉
天色接近黄昏
孩子才刚开始幼年
小屁股下的蛇皮袋子
能否承接
这一秒一秒的慢时光
四野
安静

土墙

将泥土汇聚成一堵墙
风吹过三月
桃花依旧盛开在那一端
此时你缓缓而来
用双眸凝望
这个蠢蠢欲动的季节
多像那绕河而过的流水
多情而无法回头
没有一声叹息
只有土墙，原地不动

一个人走在森林尽头

山中无老虎
月光泻下来
猎人僵住脚
不敢有一声咳嗽

森林姓森吗
为什么满山杜鹃花
都献出花朵
却留不住春天

一截枯木
是一段历史吗
至少猫头鹰见证着
往事和茂密

对于红豆杉
总有人心怀鬼胎
一夜失踪后
那些果实所剩的甜蜜
以及生根发芽
未曾被带走

山洞能关住两头熊
却关不住他们的双眼
遥望着山下村庄
已长出隐居的样子